48

Lδ. 1441.

I0546266

PRÉCIS SUR LA VIE

ET LES

DERNIERS MOMENS

DE S. A. R. MGR LE DUC DE BERRY,

ASSASSINÉ LE 13 FEVRIER 1820,

PAR L'INFAME ET EXECRABLE LOUVEL.

À la patrie en deuil dites adieu, mon frère ;
Ceux qui restent, hélas !... souffriront plus que vous ;
Mon père vous attend ... allez.... quittez la terre,
Dites-lui de prier pour la France et pour nous !

(Paroles de MADAME *à* M.gr le Duc de Berry mourant.)

A NANTES,

DE L'IMPRIMERIE DE MELLINET-MALASSIS.

1820.

PRÉCIS SUR LA VIE

ET LES

DERNIERS MOMENS

DE S. A. R. M.ᴳᴿ LE DUC DE BERRY.

Des hommes qui n'ont jamais aimé l'auguste famille des Bourbons, et qui ont toujours détesté la légitimité, voient à regret les pleurs que la mort sanglante et prématurée de S. A. R. Mg.ʳ le duc de Berry fait répandre à tout ce que la France possède encore de bon et de vertueux. Ils s'indignent de notre douleur, ils comptent nos larmes et trouvent que nous en versons trop ; *c'est une haine particulière, une vengeance personnelle*, s'écrient-ils, *qui a mis le poignard aux mains d'un Français outragé par le Prince*........ Hommes d'iniquité et de mensonge, vous savez bien toute la fausseté de vos paroles ! mais que vous importe, si vous arrêtez une larme prête à couler pour un Bourbon, si vous parvenez à éteindre dans quelques cœurs l'amour que tout Français leur doit, si vous diminuez l'horreur que l'attentat exécrable de Louvel inspire ; Louvel

est des *vôtres*, vous avez défendu les régicides , vous devez chercher à l'excuser ;
mais nous ne ▇▇▇laisserons pas fructifier
vos mensonges ; nous dirons au peuple, à
ce bon peuple d'autrefois, qui aime encore
ses Princes : Que ce n'est point une haine
particulière, mais bien vos doctrines, qui
ont armé l'assassin, que ce n'est pas une
vengeance personnelle ; de quoi Louvel
aurait-il eu à se venger ? Et quel sujet de
vengeance le duc de Berry aurait-il pu donner ?
Se venge-t-on des bienfaits que l'on reçoit ?
et depuis que nos Bourbons nous ont été
rendus, ont-ils fait autre chose que de répandre des bienfaits ? Où sont les larmes
qu'ils ont fait couler, si ce n'est celles de la
reconnaissance ? Que sont leurs actes publics,
sinon des actes de clémence et de pardon ?

Pour détruire l'effet que vous vous pro-
mettez par vos discours mensongers, nous
avons rassemblé des détails authentiques sur
la vie et sur la mort de ce digne et malheureux petit-fils d'Henri IV. Nous les offrons
au peuple de nos campagnes. Ah ! ce n'est
point parmi eux, ce n'est point parmi nous
que le monstre a reçu le jour ! Parmi nous,
les doctrines qui tuent les Rois ne sont pas
en honneur ; parmi nous, on apprend à
craindre Dieu et à honorer le Roi ; parmi
nous, cent mille bras se sont levés pour dé-
fendre et le Trône et l'Autel, tandis que les
maîtres de Louvel renversaient les Temples,

égorgeaient les Princes et les Prêtres, les vieillards et les femmes ; parmi nous les livres qui enseignent la souveraineté du peuple, les écrits qui prennent la défense du régicide, qui prêchent le parjure et qui insultent Dieu en outrageant ses ministres, trouvent peu de lecteurs, et font peu de prosélytes : avec les mots DIEU et le ROI, l'habitant de nos campagnes repousse toutes les funestes doctrines, il reste inébranlable à l'ombre de la CROIX, et là les maximes empoisonnées du jour ne peuvent ni l'atteindre ni le corrompre ; aussi le Prince que nous pleurons n'a-t-il été regretté nulle part plus amèrement que dans nos chaumières : puisse cet écrit y parvenir et fournir aux naïfs entretiens de nos bons paysans quelque trait de bienfaisance de plus, quelque bonne action ignorée, quelques souvenirs attendrissans de S. A. R. Mg.ʳ le duc de Berry.

(*) CHARLES-FERDINAND, DUC DE BERRY, second fils de S. A. R. MONSIEUR, comte d'Artois, naquit à Versailles, le 24 janvier 1778. Ce prince accompagna son auguste père à Turin en 1789, et continua ses études dans cette ville, sous la direction de M. le duc de Serent, gouverneur des enfans de France. Au mois de Juillet 1792, lors de l'expédition des coalisés en Champagne, le duc de Berry fit sa première campagne sous les ordres du comte d'Artois. Après cette entreprise infructueuse pour la cause royale, le jeune prince retourna

_____

(*) Biographie.

à la cour de Turin , et alla joindre l'armée de Condé , dans laquelle S. A. R. eut le commandement d'un corps de gentilshommes. Nourri pour ainsi dire dans les camps , le duc de Berry avait contracté des manières franches et aisées , qui ne servent qu'à faire ressortir cette vivacité naturelle , et à donner plus d'éclat aux excellentes qualités de son cœur. Le caractère de ce prince a été parfaitement exprimé par ce passage d'un poëte latin, mis au bas de son portrait :

« *Doué dès le berceau d'un cœur élévé ;* *il brillait même dans ses tendres années ;* *honneur d'une tige illustre , ardent et généreux , il fut dans sa destinée de ne rien entreprendre que de grand.* «

Aimé du soldat, il n'en tenait pas moins sévèrement à la discipline. Un jour , il lui arriva de reprendre trop vivement un officier de distinction. Bientôt , sentant sa faute, le jeune Prince prit à l'écart ce gentilhomme , et lui dit : « Monsieur, mon intention n'a pas été d'insulter un homme d'honneur. Ici, je ne suis point un prince, je ne suis , comme vous , qu'un gentilhomme Français ; si vous exigez réparation, je suis prêt à vous donner toutes celles que vous pouvez désirer. »

En 1800 , le duc de Berry prenait dans les actes publics le titre de chef du régiment noble de Berry, au service de S. M. l'empereur de Russie ; strict observateur de ses promesses, il exigeait que ses officiers ne laissassent jamais de dettes dans les cantonnemens qu'ils devaient quitter, et souvent la bourse du Prince vint au secours de ces braves. Les circonstances politiques, si longtems funestes à la cause des Bourbons, ne permirent pas au duc de Berry de conserver le commandement de ce corps : S. A. R. se rendit l'année suivante en Angleterre, auprès de son auguste père. En 1805, le roi de Suéde, Gustave Adolphe, animé du désir de délivrer l'Europe de la tyrannie de Bonaparte, s'était avancé dans le Hanovre. Ce monarque, qui avait fort à cœur de coopérer au rétablissement des Bourbons, demanda que le duc de Berry vînt prendre un commandement dans son armée. Le succès des envahissemens de Bonaparte rendit cette démarche inutile. Le lâche assassinat du duc d'Enghien ayant appris aux Bourbons que le continent ne leur offrait plus un asyle assuré contre les embûches de l'usurpateur de leur trône, le duc de Berry se rendit en Angleterre, et partagea souvent la solitude de Louis XVIII à Hartwell.

En 1813, les gentilshommes attachés à la personne du Roi, ajoutèrent foi à la possibilité d'opérer un mouvement en France. D'après les plans que des agens avaient présentés, 40,000 Français, armés et rassemblés, devaient proclamer la restauration des Bourbons, si le duc de Berry voulait débarquer sur les côtes de Normandie. Le jeune Prince se livra à ce projet avec toute l'ardeur d'une ame incapable de soupçonner un piége. Déjà le vaisseau qui devait le conduire en France était prêt; mais des serviteurs mieux informés par des voyages faits aux îles de Jersey et de Guernesey, se hâtèrent d'avertir que ce projet, séduisant en apparence, cachait une horrible trahison, et que la police de Paris l'attendait comme une nouvelle victime à offrir au meurtrier du duc d'Enghien,

Lorsque quelques mois plus tard les Bourbons furent rendus à la France, le duc de Berry, qui depuis deux mois était à Jersey, attendant une occasion favorable, se rendit à bord de l'*Eurotas*, et débarqua le 13 à Cherbourg. En mettant le pied sur le sol Français, le Prince répondit aux félicitations des officiers de terre et de mer qui l'entouraient, par ces mots accompagnés de larmes : « Chère France! en te revoyant, mon cœur est plein des plus doux sentimens : nous n'apportons que l'oubli du passé, la paix et le désir du bonheur des Français! » Il fut reçu à Cherbourg et à Bayeux au bruit des plus vives acclamations. Une des personnes qui lui furent alors présentées, et qui avait autrefois servi sous ses ordres, ayant dit : Serais-je assez heureux, Monseigneur, pour être reconnu de V. A. R.? — « Si je vous reconnais mon cher S...., répondit le prince, en écartant ses cheveux; ne portez-vous pas sur le front la cicatrice honorable d'une blessure qué vous avez reçue à Berstheim ? » S. A. R. passa la revue de la garde nationale, et, par suite de cette confiance qui depuis lui a été si funeste, il voulut se promener seul parmi la foule qui se pressait autour de lui : « On n'est heureux qu'au milieu des siens! » s'écriait-il souvent. On sait avec quelle heureuse présence d'esprit il ramena à d'autres sentimens un soldat appartenant au régiment qu'il passait en revue, qui avait osé invoquer le nom de l'usurpateur, tandis que le reste de la troupe criait *vive le Roi!...* « C'est le reste d'une vieille habitude, » dit le prince; et comme ce soldat voulait s'excuser: «Recommençons, ajouta-t-il: *vive le Roi!* » Et cette fois les cris furent unanimes; le prince en tendit la main au militaire converti, qui la serra en disant : *vive le duc de Berri!* Ce régiment ayant sollicité l'honneur de porter le nom de Berri : « J'en ferai la demande à S. M., dit S. A. R., et je serai flatté d'être le chef d'un corps si dévoué à l'honneur et au Roi »

Pendant son sejour à Caen, le prince fut l'objet de plusieurs fêtes : son premier soin avait été de faire mettre en liberté plusieurs prisonniers détenus par suite d'une émeute prétendue, dont la disette avait été le motif. Parmi ces prisonniers, se trouvaient les maris de quelques femmes que Buonaparte avait fait fusiller pour le même motif. En traversant cette province pour se rendre à Paris, son émotion était si vive, qu'il ne pouvait répondre aux acclamations dont il était l'objet, que par ces mots: *Vivent les bons, les braves Normands!*

Ce fut le 21 Avril, que le duc de Berri, revêtu de l'uniforme de garde national, entra à Paris: « Messieurs, répondit=il aux félicitations du corps municipal et des chefs de l'armée qui le reçurent à la barrière de Clichy, mon cœur est trop ému pour exprimer tous les sentimens qui m'agitent, en me voyant au milieu des Français et de cette bonne ville de Paris, entouré de la gloire de la France. Nous y venons apporter le bonheur; ce sera notre occupation constante jusqu'a notre dernier soupir. Nos cœurs n'ont jamais cessé d'être Français, et sont pleins de ces sentimens généreux, qui sont le caractère distinctif de notre brave et loyale nation. *Vivent les Français!* »

Arrivé au château des Tuileries, le prince se tourna avec vivacité vers les maréchaux qui l'entouraient, et se jetant dans leurs bras qu'il pressa fortement, il leur dit : « Permettez que je vous embrasse, que je vous fasse partager tous mes sentimens! » Nous aimons à rappeler aussi les paroles flatteuses que S. A. R. adressa à l'illustre maire de Bordeaux, M. le comte de Lynch, au moment où il fut présenté au Prince: Ah! dit-il, en lui prenant la main, c'est vous qui nous

avez ouvert la porte ! » Il donna aussi les
marques les plus flatteuses de sa bienveillance
au défenseur de Louis XVI. S. A. R. MONSIEUR
présenta M. Desèze à son fils, en lui disant :
« Voilà le défenseur du Roi, ce défenseur à
qui tout bon Français doit une reconnaissance
éternelle. » Le duc s'approcha alors de ce
célèbre orateur, et lui dit les choses les plus
affectueuses. Puis s'adressant aux deux enfans
de M. Desèse : « Ah ! Messieurs, ajouta le
Prince, combien vous devez vous glorifier
d'appartenir à un tel père ! »

Ce prince était passionné pour la gloire
militaire, qu'il regardait comme un des plus
beaux apanages de sa race ; aussi se mon-
tra-t-il surtout attentif à gagner les cœurs des
soldats : il s'occupa sans relache à visiter les
casernes, les établissemens militaires, et à
passer en revue les différens corps de troupes.
C'est ainsi que son ardent amour pour les arts
le portait, non-seulement à examiner avec
soin les chefs-d'œuvre des écoles ancienne
et moderne, mais encore à faire de précieuses
acquisitions, à honorer les grands artistes,
à aider de sa bourse ceux qui annonçaient
des dispositions, et que la fortune n'avait
point traités favorablement.

Mais si ce prince possédait ces formes
heureuses et cette urbanité gracieuse qui chez
les grands sont pour les artistes le plus noble
encouragement, il se plaisait encore davantage
à prendre le ton militaire qui porte l'enthou-

siasme dans le cœur du soldat. Que de mots heureux ont été recueillis de la bouche du duc de Berry ! « Nous commençons à nous connaître, dit-il un jour au général Maison ; quand nous aurons fait ensemble quelques campagnes, nous nous connaîtrons mieux. » Assistant à un banquet de la garde nationale parisienne, le prince s'était promis le plaisir de porter la santé de cette milice citoyenne. Prévenue par le duc de Grammont, S. A. R. lui dit en riant : « Vous me l'avez volée ; mais je vais en porter une qui est dans le cœur de tous les Bourbons : *A la prospérité de la France !* »

À Versailles, le Prince passait un jour la revue d'un régiment de cavalerie, dont quelques soldats témoignaient avec franchise un peu de regret de ne plus combattre sous Bonaparte. « Que faisait-il donc de si merveilleux ? leur dit S. A. R. — il marchait toujours à la victoire, répondent les soldats. — Parbleu, répliqua vivement le prince, cela était bien difficile avec des braves tels que vous ! » On prétend même que S. A. R. se servit d'une expression énergique plus conforme au langage de ceux à qui il parlait.

En sa qualité de colonel-général des chasseurs, et des chevau-légers lanciers, le duc de Berry fit plusieurs voyages dans les départemens du Nord, visitant les places fortes, et montrant partout des connaissances de l'art militaire, aussi profondes que si elles avaient été constamment exercées. De retour dans la capitale, il consacra quelques loisirs à la culture des arts, visita souvent l'atelier de Carle Vernet, et confia à cet artiste le soin de faire son portrait. Ce fut en parcourant divers établissemens publics, qu'au comité central de l'artillerie, ce prince fut agréablement surpris de retrouver une jolie pièce de canon qui avait été faite à Turin en 1792, pour servir à son instruction et à celle de Mgr. le duc d'Angoulême.

Les hommes de malheur qui, dans ce temps, préparaient le retour de Buonaparte, redoutant l'heureux ascendant que prenait sur les troupes un prince à la fois sensible et brave, avaient imaginé une insigne noirceur, un système de calomnies, de diffamations impudentes contre sa personne auguste, et ce plan infernal eut tout le succès que les pervers s'en promettaient. Le duc de Berry projetait un voyage dans les départemens de l'Ouest, pour donner un coup d'œil aux travaux qui se faisaient dans les places de guerre, quand le retour de l'usurpateur vint suspendre tant de soins précieux. Au premier avis du débarquement de Buonaparte, le prince avait été désigné par le Roi pour aller prendre le commandement des force réunies en Franche-Comté ; mais les traîtres qui entouraient S. M. firent entendre que la presence de S. A. serait plus utile à Paris. Ce motif était en effet très-spécieux ; mais ceux

qui l'avaient allégué s'en vantèrent après leur
défection , comme d'une combinaison faite
pour rompre tous les liens qui auraient ratta-
ché les troupes aux Bourbons. Nous ne rap-
pellerons pas les honteuses félonies du 20
Mars et les dangers que coururent les princes
de la famille royale et leurs fidèles serviteurs,
jusqu'au moment de l'arrivée de Louis XVIII
à Lille.∴... Un capitaine de cuirassiers qui
se trouvait sur le passage du duc de Berry ,
eut l'insolence d'invoquer le nom de l'usurpateur. Un officier de la maison du Roi
voulut faire justice de ce misérable, mais le
prince s'y opposa. A Béthune , même rage
pe la part des traîtres , même magnanimité
de la part du petit-fils de Henri IV. Trois
cents soldats en garnison dans cette ville s'é-
taient hautement prononcés pour le Corse :
le duc de Berry y arrive à la tête de quatre
mille Français braves et dévoués : cette troupe
enveloppe les séditieux. Dans l'excès de leur
aveuglement , ils répétent le cri de la trahison.
On eût pu les sabrer jusqu'au dernier ; mais
un Bourbon arrêta les bras levés pour le châ-
timent : le prince s'élance seul au milieu des
trois cents hommes , et après les avoir con-
jurés vainement de crier *vive le Roi !* « Vous
voyez bien , leur dit-il , que nous pourrions
vous exterminer sans qu'il en restât un seul !..,
Vivez , malheureux ! vivez tous , et disparais-
sez ! « Un des rebelles se mit à crier : *Vivent
l'empereur et le duc de Berry !* et les autres

répétérent ce cri tout à la fois de révolte et
et de reconnaissance.

· Le prince joignit le Roi à Gand le 28
Mars, et s'occupa sans relâche, pendant ce
second exil, du soin d'adoucir le sort des
malheureux Français qui avaient tout sacrifié
à l'honorable devoir de le suivre. Du moins,
quand une honteuse amnistie est venue les
punir d'être restés sans peur et sans reproche,
ces fidèles sujets de S. M. ont pu se rappeler,
comme une honorable compensation, la bienfaisance et l'affabilité du prince qui avait au-
trement apprécié leur invariable dévouement.

Comme Français et comme Bourbon, le
duc de Berri versa des pleurs sur le sort de
tant de braves qui furent sacrifiés à Waterloo,
à la lâcheté d'un ambitieux. Il ressentit, en se
retrouvant sur le sol de la France, les mêmes
transports et les mêmes sentimens qu'il avait
manifestés un an auparavant. « Je vous recommande au nom du Roi, dit-il aux troupes
qu'il commandait en rentrant dans Paris,
de garder un silence absolu, alors même que
les cris expirans de la sédition ou quelque
débris du signe de la révolte exciterait votre
indignation..... ». Cet ordre fut exacte-
ment suivi. Quelques jours après, ayant reçu
la visite des officiers du 10ᵉ régiment de ligne :
« Jai une permission à vous demander, leur
dit le prince, c'est de porter votre uniforme
quand j'irai au devant de mon frère ».

Nous avions cru pouvoir renfermer dans

les bornes de cet écrit, tous les traits ado-
rables de la vie de Mgr. le duc de Berri ; mais
nous avons entrepris une tâche trop difficile.
Nous sommes obligés de passer sous silence
toutes les marques de bienfaisance, d'aménité
et surtout de franchise, qu'il a données dans
les missions dont il fut chargé par S. M. en
1815. Les habitans de Lille qui, sous l'usurpateur, montrèrent tant de fidélité à la cause
royale, gardent avec orgueil le souvenir du
séjour que le prince fit au milieu d'eux, et
de ces adieux touchans qu'il leur adressa,
à la manière du bon Henri : « Entre nous,
Messieurs, c'est désormais à la vie et à la
mort ».

Le prince n'avait pas quitté en effet cette
ville, sans y laisser des marques de sa muni-
ficence. S. A. R. avait remis au préfet une
somme considérable pour être distribuée aux
indigens.

Un des événemens les plus remarquables
de la vie du duc de Berri, celui auquel s'at-
tachaient de si grandes destinées, est sans
aucun doute son mariage avec la princesse
Caroline-Marie-Thérèse, fille aînée du prince
royal des Deux Siciles, célébré le 17 juin 1816.
On n'a pas oublié peut-être, que lors des
communications qui furent faites aux deux
chambres à ce sujet, la chambre des députés
porta, par un mouvement spontané, la
somme d'un million, que le ministère avait
ajouté à l'apanage du duc de Berri, à quinze

cent mille francs ; mais ce prince généreux, dont l'ame était oppressée à l'idée des charges qui pesaient sur la France, prit aussitôt la résolution de consacrer cet excédant de cinq cent mille francs, au soulagement des départemens qui avaient le plus souffert des ravages de l'invasion.

Pourquoi ne pouvons-nous terminer ici (1) cette notice biographique ? Cet hymen, qui comblait les vœux de la France, cette alliance de deux tiges de lis, qui avaient si long-temps été tourmentées par le vent des révolutions, ne devait produire qu'une fleur ; et cette fleur encore si tendre, ne devait être arrosée que d'amères larmes ! La seule pensée de ces pleurs que répand une épouse, une jeune mère inconsolable, nous fait mesurer de nouveau l'étendue de la perte que vient de faire la France. Hélas ! en retraçant les circonstance d'une vie si glorieuse, si pleine de vertus, nous avions presque oublié que le cours en était arrêté pour toujours. Qu'on rapproche maintenant des détails que nous venons de donner, de ces traits de bonté et de douceur qui ne sont rien en comparaison de tant de bienfaits ignorés que ce prince répandait sur des serviteurs fidèles et pauvres, qu'on en rapproche, disons-nous, les dernières paroles tombées de sa bouche mourante, en présence même de son meurtrier, et l'on reconnaîtra encore en lui l'inépuisable bonté du sang des

_____

(1) Ruche d'Aquitaine.

Bourbons, de ce sang miséricordieux, qui demande grâce pour ceux qui l'ont répandu ; la sainte résignation d'un chrétien qui, à haute voie, demande pardon à Dieu de ses offenses, aux hommes, de celles de ses actions qui auraient pu les scandaliser ; la tendresse d'un époux et l'inquiétude d'un père dans ces mots : *Chère enfant, puisses-tu consoler ta mère, et être plus heureuse que moi !..... Pourquoi n'ai-je pas trouvé la mort dans les combats !* Ce sont-là les regrets du héros, du digne successeur des rois-chevaliers ; c'est le cri de François Ier. dans les fers, et du duc d'Enghien dans les fossés de Vincennes.

Ne croit-on pas lire encore le testament de Louis XVI, en se rappelant ces paroles tant de fois répétées d'une voix suppliante, au monarque inconsolable : « *Grâce, grâce pour l'homme qui m'a frappé ! Je l'ai peut-être offensé sans le savoir ! grâce !* Mais combien il est pénible de nous rappeler cette pensée si douloureuse, qui paraît avoir mêlé tant d'amertume au dernier soupir du malheureux prince : « *Qu'il est cruel de mourir de la main d'un Français !* » Ce cri de désolation doit retentir éternellement dans l'ame de tout sujet fidéle. Hélas ! il n'est que trop vrai : cet homme exécrable, qui a rouvert parmi nous la carrière des forfaits de la révolution, qui, pour ainsi dire, nous a rendu présens, en un moment, les assassins de Septembre, les

geoliers du Temple et l'échafaud régicide ;
ce monstre indigne du nom d'homme , qui eût
voulu que la famille royale n'eût qu'une tête
pour l'abattre d'un seul coup ; ce monstre est
Français !... La plume tombe des mains à
cette horrible pensée , et nous ne pouvons
plus que nous écrier avec l'auguste victime ,
qui est allé prendre sa place auprès du Roi
martyr : *O France , malheureuse France !*

ASSASSINAT

DE S. A. R. M.ᴳᴿ LE DUC DE BERRY.

Lᴇ dimanche 13 février 1820, on jouait *par extraordinaire* à l'Opéra. Le spectacle était long; S. A. R. Madame la duchesse de Berry avait passé la veille une partie de la nuit au bal brillant de M. de Greffulhe, pair de France. Dans l'un des entr'actes Monseigneur le duc de Berry croit s'apercevoir que son auguste épouse est fatiguée; il lui propose de se retirer : la Princesse accepte, et le Prince, lui donnant la main, la conduit jusqu'à sa voiture. Il était onze heures moins deux minutes.

Madame la duchesse de Berry était accompagnée de madame la comtesse de Bethisy, l'une de ses dames, et de M. le comte de Mesnard, son premier écuyer.

M. le comte de Clermont-Lodève, en sa qualité de gentilhomme d'honneur du Prince, le suivait à quelques pas, et M. le comte César de Choiseul, aide-de-camp de service, le précédait.

Pour peindre fidèlement, aux yeux du lecteur qui n'habite point la capitale, la scène affreuse dont nous allons être le véridique historien, il est nécessaire de faire connaître la position de l'édifice et l'endroit où cette scène sanglante a eu lieu.

L'Académie royale de musique est un bâtiment isolé, situé au milieu de quatre rues. L'entrée dite *des Princes* est dans la rue latérale à laquelle on a donné le nom du célèbre compositeur *Rameau*. L'équipage de Madame la duchesse de Berry venait de se placer devant cette entrée. La portière était ouverte : les gardes, sous le vestibule, et la sentinelle en dehors, présentaient les armes. La jeune Princesse, suivie de madame de Bethizy, monte dans sa voiture ; l'un des gens de Son Altesse Royale relevait le marche-pied, et le Prince, qui avait manifesté le désir de voir le dernier acte du ballet, se trouvait encore sous l'auvent qui domine ce portique. Louvel, l'exécrable Louvel rôdant dans l'ombre, vit alors sa victime. Il l'entendit dire : *Adieu, Caroline, nous nous reverrons bientôt ;* et saisissant son poignard, jura par l'enfer qui le guidait, que cet *adieu* serait éternel. Le prince se disposait à rentrer dans la salle, le monstre s'élance sur lui, le saisit fortement par l'épaule gauche, et élevant le bras au-dessus de l'épaule droite, lui enfonce au-dessous du sein droit un instrument aigu à deux tranchans, de la longueur de sept à huit pouces, attaché à une poignée de bois grossièrement travaillée : le coup fut asséné avec assez de violence pour pénétrer dans le corps du Prince de toute la longueur de l'instrument.

L'assassin s'était glissé entre M. le comte de Mesnard, M. le comte de Choiseul et le factionnaire, qui, tous trois, entouraient Son Altesse Royale, auprès de la voiture. Cet horrible attentat fut commis avec une telle dextérité, une si incroyable promptitude, que personne n'eut le tems de s'opposer à la consommation du crime.

Ainsi l'élève de la révolution, l'infâme Louvel était assez affermi dans les doctrines régicides pour ne pas trembler dans cet horrible moment, sa main était assez assurée pour frapper juste..... pour détruire d'un seul coup notre avenir!......

Le Prince se sentant frappé, porta la main à sa blessure, s'écria : *je suis mort !* et retira lui-même le fer meurtrier. La malheureuse duchesse entend le cri de son époux, s'élance hors de la voiture, et court le recevoir dans ses bras ; le sang jaillit sur elle, elle en est inondée.... plus forte que son malheur, elle ne succombe point, elle le soutient encore et recueille ces paroles entrecoupées : *Je suis mort.... un prêtre..... Viens ma pauvre femme, que je meure dans tes bras !* Le Prince perd connaissance : on le porte aussitôt dans une des salles de l'administration où l'on dresse à la hâte un lit de camp formé

de banquettes et de matelas appartenant à
M. Grandsire, premier Français qui reçut
S. A. R. à son arrivée à Cherbourg. (1) On cou-
rut chercher du secours : quelques hommes
de l'art qui habitent dans le voisinage furent
bientôt auprès du prince, leurs noms doivent
être recommandés à la reconnaissance pu-
blique. Ce sont les docteurs Bougon, (2)
Blancheton, Horin, Lacroix, Cazeneuve et
Drogart; ce furent eux qui administrèrent
les premiers soins : les docteurs Dupuytren,
Dubois et Roux arrivèrent ensuite; on avait

---

(1) Le destin a par fois des jeux cruellement bizarres; le *coucher*
sur lequel Son Altesse Royale a été placée est le même sur lequel
elle reposa à l'époque de son arrivée en France. M. Grandsire
habitait alors Cherbourg, où il remplissait les fonctions de garde-
magasin de la marine, et fut le premier Français que le Prince
embrassa au moment de son débarquement. M. le Préfet n'ayant
point eu le tems de se procurer tout le mobilier nécessaire pour
recevoir Son Altesse Royale et sa suite, invita M. Grandsire à
lui prêter divers objets qu'il venait de recevoir de la capitale, et
entre autres choses un lit neuf et complet. M. Grandsire, aujour-
d'hui secrétaire général de l'Opéra, avait fait transporter ce lit à
Paris avec ses autres meubles; le sort a voulu que M. Grandsire,
qui loge à l'Opéra, prêtât les mêmes matelas pour le Prince, et
que le Prince y rendît le dernier soupir !....

(2) S. A. R. M.me la duchesse de Berry a remis, le 2 mars, à
M. Bougon, chirurgien ordinaire de Monsieur, une tabatière
d'or, ornée du portrait de S. A. R. Mgr le duc de Berry. *C'est
pour vous souvenir toujours de celui que vous avez soigné avec
tant de zèle*, a dit la Princesse. Dans la nuit fatale où M. Bougon,
n'écoutant que son zèle, pratiquait des succions répétées avant
qu'on pût appliquer les ventouses, le Prince lui dit avec émotion, avec inquiétude : *Mon ami, que faites-vous, la plaie est
peut-être empoisonnée !* Le Prince traitait avec une bonté toute
particulière M. Bougon qui l'avait accompagné pendant les cent
jours.

été les chercher à leur domicile qui est éloigné
de l'Opéra.

L'infortunée princesse montrait à la fois
la plus profonde douleur et la plus vive
énergie. Après s'être dépouillée précipitam-
ment de ses parures ensenglantées , elle se
consacre aux soins les plus pénibles et les
plus touchans. Etrangère à tout ce qui l'entourait , elle secondait les hommes de l'art ,
prodiguait les attentions les plus tendres à
son auguste époux, et ses douces paroles sont
les premières que le prince a entendues en
reprenant connaissance : *Charles, disait-elle,
ne t'inquiètes-pas , cela ne sera rien ; Dieu
ne t'enlevera pas à moi, il sait combien je
t'aime.* Le prince lui serrant la main , lui
répondit : *ma fille et l'évêque d'Amiclée.*
. . . . On s'empressa d'exécuter ses
intentions ; on apporta l'enfant royal, trop
jeune encore pour sentir son malheur : *Ma-
demoiselle* élevait ses petites mains vers son
père , et souriait sur ce lit de mort. Tout le
monde fondait en larmes, et ce n'était qu'à
travers ses sanglots que le vertueux prélat
pouvait parler de Dieu , et remplir les tristes
et consolantes fonctions de son ministère.

Deja *Monsieur* était auprès de son malheureux fils, *Madame* et les autres princes l'a-
vaient suivi de près ; en leur présence, animé des sentimens de la piété la plus tendre
et de la résignation la plus chrétienne, M.gr
le duc de Berri se confesse , et déclare à

haute voix qu'il demande pardon à Dieu et
aux hommes des scandales qu'il a pu donner, du bien qu'il n'a pas fait (et cependant
chacun de ses jours était marqué par un
bienfait.) C'est avec ces dispositions si
dignes d'un fils de Saint-Louis qu'il reçoit
l'absolution; il est ensuite administré par le
curé de Saint-Roch; puis ayant demandé sa
fille qui lui fut apportée par Mme la duchesse
de Berri, il l'embrassa et lui donnant sa bé-
nédiction: *Chère enfant*, dit-il, *puisses-tu
être moins malheureuse que ta famille !!!* il
fait alors son testament, recommande à son
auguste père avec la plus touchante bonté
tout ce qui lui est cher, tout ce qui l'in-
téresse. Voyant près de son lit de douleur
M. de Nantouillet qui depuis trente ans avait
toujours été auprès de sa personne, il lui
tend une main défaillante et lui dit: *Venez,
mon vieil ami..... je veux vous embrasser
avant de mourir......* C'est ainsi qu'avec
une tendre affection il parle à ceux qui l'en-
tourent, et leur annonce sa fin prochaine; il
en était si convaincu qu'il répéta plusieurs
fois à M. Dupuytren: *Je suis bien touché
de vos soins, mais ils ne sauraient prolonger
mon existence, ma blessure est mortelle :*
puis se tournant vers le maréchal duc de
Reggio et autres officiers généraux qui, ainsi
que M. de Châteaubriand, l'entouraient, il
ajoute: *Ah, Messieurs, c'était avec vous, en
combattant pour la France que j'aurais voulu*

3

mourir ; qu'il est cruel de recevoir la mort de la main d'un français! puis s'adressant à son père : *Grâce, grâce pour l'homme qui m'a frappé ; je vous supplie d'obtenir son pardon....,.* C'était ainsi que ce noble fils de France rassemblait à ses derniers momens tout ce que la nature a de plus tendre, et tout ce que la réligion a de plus sublime ; tour-à-tour il cherche à consoler cette épouse si jeune et si digne d'un meilleur sort. Il parle de résignation à ce père, à ce frère à cette sœur qui ont déjà connu tant de douleurs. Il bénit son enfant, il embrasse son vieil ami ; prie pour son pays ; pour *cette chère et malheureuse France*. Et enfin implore le pardon de l'homme qui vient de l'assassiner... Oh vous qui n'aimez pas les Bourbon, venez voir cet *autre fils de Saint-Louis prêt à monter au ciel* ; et confessez qu'il n'existe nulle part plus de bonté, de noblesse et de véritable grandeur d'âme que dans la famille de nos Rois.

Une soif continuelle, et que l'on apaisait un peu avec de l'orangeade, s'accroissait en même-teins que les angoisses : « *Je souffre* » *horriblement!* répétait Monseigneur le duc » de Berry. *ah! que la mort arrive lente-* » *ment!......* » Ces exclamations étaient déchirantes pour tout le monde, mais elles venaient encore accabler la Princesse, S. A. R. *Monsieur*, et l'auguste famille. Au bout d'un assez long silence ; « *Chère Caroline*,

» dit-il, en cherchant la main de Madame
» la Duchesse, assise et gémissant près de
» lui, *le 13 est une date bien fatale pour*
» *nous.* » Infortunée princesse ! quels nouveaux sujets de désolation *!* quelles époques
constamment funestes (1) !

Cependant *Monsieur, Madame* et M.gr le
duc d'Angoulême à genoux au pied du lit de
leur fils et de leur frère, passaient cette terrible nuit dans les prières et dans les larmes,
demandant au ciel d'adoucir les maux du
prince, et formant pour sa conservation des
vœux qui hélas ne devaient pas être exau-
cés ! l'inconsolable père du duc d'Enghien
mêlait ses pleurs à ceux des autres princes,
on eût dit qu'il allait perdre un second fils.
Vers les trois heures, une révolution favorable semble s'opérer dans l'état du malade,
on était parvenu à déterminer l'écoulement
du sang par la plaie, pendant quelque tems ;
le prince, sentant que tous les secours de l'art
étaient inutiles, s'était opposé à ce que l'on
agrandit la blessure. M.me la duchesse de
Berri croyant que l'écoulement du sang peut
sauver son époux, s'avance, et d'une voix
suppliante lui dit : *vous ne me refuserez-pas*
moi, Charles, et à l'instant, avec un admi-
rable courage, elle met ses doigts dans la plaie

_____

(1) C'est le 13 juillet 1817 que madame la duchesse de Berry est
accouchée d'une fille, qui n'a point vécu. C'est le 13 septembre
1818 qu'elle a fait une fausse-couche d'un garçon qui a existé
deux heures. C'est le 13 février 1820. qu'un assassin lui ravit un
époux.

et en fait jaillir le sang. Après cette opération, le poulx était devenu meilleur, on avait une lueur d'espérance quand S. M. arriva près de son neveu à cinq heures du matin. A la vue du Roi, le duc de Berry retrouve de nouvelles forces, *Sire*, s'écrie-t-il, *grace pour l'homme*; c'est ainsi qu'il a toujours eu la générosité de nommer son assassin. Bientôt il ajoute. *mon oncle, ne me refusez pas la dernière grace que je vous demande, grace au moins de la vie; sans doute c'est quelqu'un que j'aurai offensé sans le savoir........ Mon fils*, répond le Roi, *avec l'accent* de la plus profonde douleur, *tranquillisez-vous, vous vous rétablirez, et nous en reparlerons........* Vers les six heures du matin, le prince éprouva de vives douleurs, il appela son frère et lui parla bas pendant quelques instans. *Croyez-vous, lui disait-il, que Dieu me pardonne mes péchés*: Oh! n'en *doutez-pas*, repartit le duc d'Angoulême; *mon frère, il vous pardonne, il fait de vous un martyr.........* Cependant la mort approchait, le sang s'épanchait dans la poitrine avec rapidité, la parole s'embarrassait, devenait de plus en plus faible, au milieu de ses angoisses il eut encore la force de réitérer ses instances pour obtenir la grace du coupable; l'évêque d'Amyclée lui dit : *votre altesse a pardonné, c'est tout ce que la Religion exige.....,* Tout ce qui était présent fondait en larmes; la duchesse de Berry à genoux près de son lit, paraissait quelquefois prête à succomber à sa douleur:

mais la religion soutenait ses forces épuisées.
Tandis que le duc lui témoignait un vif regret
de ses fautes et des chagrins qu'il avait pu lui
causer; *je le savais bien*, disait-elle, *que cette
belle âme était créée pour le ciel, et qu'elle
y retournerait*. *Madame* s'appercevant que
le mal était à son comble, que la mort était
imminente, tombant à genoux, prit la main
de son frère et s'écria : *mon Père vous attend...
dites-lui de prier pour la France et pour
nous..........* Le prince l'entendit, tourna les
yeux vers elle, les reporta vers le ciel,
souleva ses mains glacées en s'écriant, ô ma
Patrie, ô malheureuse France, et rendit le
dernier soupir.

C'était en vain que les médecins qui avaient
vu approcher le moment fatal, avaient cher-
ché à éloigner S. M: *Je ne crains pas le
spectacle de la mort*, leur avait dit le Roi,
j'ai un dernier devoir à rendre à mon fils,
et se penchant sur le prince il embrasse ce
qui restait de lui sur la terre; et ses royales
mains fermèrent ses paupières.

Alors, M.me la duchesse de Berry qu'on veut
en vain retenir plus long-tems dans la pièce
contigue, est attirée par une inspiration sou-
daine, effet sans doute de cette inexplicable
sympathie des âmes unies par le ciel; elle
repousse tout ce qui l'entoure. « *Laissez-
moi! laissez-moi! s'écrie-t-elle, je veux le
vir, il est à moi! Laissez-moi! je l'or-
dône t......;* en un instant elle a franchi

l'espace ; elle s'est fait un passage et se pré-
cipite à genoux près le lit du prince, saisit
une de ses mains : Grand Dieu ! cette main,
cette main est *froide ! ! ! Ah ! Charles n'est
plus !* dit-elle, poussant un cri terrible !!!
Dans le délire du désespoir, elle baise mille
fois, elle arrose de ses larmes cette main
inanimée. On cherchait à arracher Madame
la duchesse à cette affreuse position ; le Roi
lui-même la pressait de s'éloigner, quand
tout-à-coup, elle se relève debout, les bras
roides et tendus vers le ciel, les mains trem-
blantes, les yeux égarés ; la Princesse, ou-
bliant dans son trouble extrême que les destinées de la France reposent peut-être dans
ses entrailles, que peut-être un Bourbon est
déjà dans son sein : « *Sire,* s'écrie-t-elle,
» *Hé bien oui, j'obéis à Votre Majesté ; mais*
» *je lui demande en grace la permission de*
» *me retirer à l'instant avec ma fille auprès*
» *de mon père.* »

La fille de Louis XVI, cette héroïne du
Temple, *éprouvée aux combats de l'adver-
sité,* imposait silence à sa propre douleur,
pour ne s'occuper que de celle de sa jeune
et malheureuse sœur ; en vain elle la suppliait
de songer à elle, on ne pouvait la séparer
des restes inanimés du prince. Mais un motif plus puissant (et ce motif est la seule consolation qui nous reste), surmonte tant de
résistance. Dans ses derniers momens, le duc
regardant avec attendrissement celle qui

faisait le bonheur de sa vie, l'avait conjurée, *de se ménager pour l'enfant qu'elle portait dans son sein!* Le désir de s'acquitter d'un si grand devoir vient relever cette ame abattue. *Madame* entraîne sa sœur et la conduit à l'Elisée. Rentrée dans ce palais où elle ne reverra plus son époux, la princesse, aperçoit en passant devant une glace, sa blonde chevelure en désordre : *hélas*, s'écrie-t-elle, *voilà les cheveux que ce pauvre Charles aimait tant...* et à l'instant elle les coupe de ses propres mains. Et puis dans une espèce de délire elle parcoure tous les appartemens du prince, elle ordonne que tous les tableaux soient portés au muséum, elle-même les décroche avec une affreuse vivacité.... Elle remet tous ses diamans à *Madame*, en lui répétant : *je ne veux plus rien voir de toutes ces parures ; prenez-les, prenez-les, ma sœur, qu'elles soient vendues pour fonder un hospice.* Elle fait ensuite appeler les fidèles serviteurs de son auguste époux, leur parle de l'affreuse perte qu'ils viennent de faire, et les rassure sur l'avenir ; alors s'enveloppant toute entière dans un long voile de crêpe noir, et emportant sa fille dans ses bras, elle se retire accompagnée de *Madame*, au château de Saint-Cloud.

L'appartement qu'occupe cette princesse est en même-tems un sanctuaire ; elle y a fait dresser un autel ; c'est là que chaque matin un prêtre vient célébrer le saint sa-

crifice; tout est tendu de draperies funéraires,
et seulement éclairé par la lugubre lueur
de bougies jaunes. C'est là , qu'invisible à
tout les regards elle ne communique qu'avec
Dieu et les membres de sa famille. La présence seule de *Madame* est pour elle une
consolation toute puissante. Les nuits sont
assez calmes, le moment du reveil est toujours pénible et douloureux, c'est alors que
les idées funèbres semblent reprendre le
plus d'empire. Mais c'est alors aussi que les
yeux fixés vers le ciel, la princesse puise
dans de ferventes prières une force toute
divine; on lui apporte sa fille, et la vue de
cet enfant lui commande de supporter la
vie. . . . .

« Malheureuse princesse, vous qui connaissiez
toutes les vertus et les nobles qualités de ce
cœur véritablement français; son intrépidité,
son goût pour les arts, ses sollicitudes pour
les pauvres, son empressement à secourir
tous les genres d'infortune; l'eussiez-vous
jamais pensé, qu'il put devenir la victime
d'un crime aussi atroce. Quoi! c'est le jour
même, où quittant son palais pour la dernière
fois, le duc de Berri venait d'envoyer de
nouveaux secours aux indigens de cette capitale; c'est le jour où il disait: *pendant que
les riches s'amusent, il faut que les pauvres
vivent*; c'est ce même jour, qu'un scélérat
choisit pour l'immoler à sa rage! et quel
peut être le motif d'une si implacable haine?

Prince, votre bonté vous faisait craindre d'a-
voir offensé sans le vouloir, l'*homme qui*
vous a frappé ; rassurez-vous. L'assassin
arrêté dans sa fuite, a pris soin de venger
votre mémoire, il n'était pas connu de vous...
Qui donc a pu, lui demande-t-on, vous
porter à commettre un pareil crime ? *mes*
opinions, mes sentimens. Et quelles sont ces
opinions, ces sentimens effroyables ? Le
monstre nous l'a clairement appris dans cette
horrible réponse : *Dieu n'est qu'un mot......*
Hommes qui répandez l'impiété, voyez les
fruits de vos infernales doctrines; c'est à
elles que nous devons notre malheur. Louvel
a dit, il n'y a pas de Dieu, et il a frappé
le prince. Dans son affreuse croyance, la
mort lui promettait le néant; pour lui, il
n'y avait ni punition, ni récompense par
de-là le tombeau : et il a commis le crime.

Que l'horrible catastrophe dont nous venons d'être les temoins, nous porte donc à
détester encore davantage les effroyables
principes qui l'ont amenée; attachons-nous
plus que jamais à cette divine religion qui
a fait déployer au duc de Berri tant de
vertus jusques à sa dernière heure. Attachons-
nous plus que jamais à cette famille des Bourbons dont tous les membres ont prouvé
dans cette désastreuse nuit, et prouvent jour-
nellement qu'ils sont aussi bons, aussi vertueux que lui; oui, malgré la ligue impie des
révolutionnaires, elle régnera encore long-

téms sur nous. La postérité de Louis XIV en France, était il y a cent ans réduite à un faible enfant et Dieu permit que cet enfant fût la souche d'une nombreuse lignée. Relevons donc nos esprits abattus, et, puisque nous avons encore au moins autant de motifs d'espérance dans l'avenir, que nos péres en avaient, ayons comme eux confiance en Dieu, prions-le de soutenir la veuve inconsolable de nôtre bon prince, et de nous conserver le précieux espoir de la patrie qu'elle porte dans son sein; afin que nos fils ne soient pas exposés à dire un jour encore plus amérement que nous : *Oh malheureuse France!*

Ce récit ne peut être terminé sans parler du tableau déchirant qu'offrait l'intérieur du palais du prince; des larmes, une consternation générale faisaient assez connaître combien ce bon prince était adoré de tout ce qui l'entourait. Eh! comment ne l'aurait-il pas été, celui dont nous allons rappeler quelques-uns de ces traits qui caractérisent si bien la bonté, la grandeur d'ame et la bravoure !

———

—M.gr le duc de Berri donnait réguliè-rement de six à sept mille francs par mois aux pauvres de sa paroisse. Il est reconnu qu'il distribuait par an plus de 300 mille fr. en aumônes et bonnes œuvres.

Ce prince, dont la charité était inépuisable,

donnait également 4000 fr. par an au comité
de bienfaisance du premier arrondissement.
Le prince disait souvent à M. Cordier :
« *Monsieur le maire, lorsque vos pauvres au-
ront besoin de moi, ne m'épargnez pas, je
vous prie.* »

— Le jour même de son assassinat, M.gr
le duc de Berri avait envoyé à un comité
de bienfaisance 1000 fr. pour les pauvres.

— Une députation des *dames de la Halle*
s'est présentée, le 20 février 1820, à l'une
des grilles du Louvre, et a démandé la faveur
d'être introduite près des restes inanimés du
meilleur des princes. Le désir de ces dames
a été rempli. Elles ont déposé, au milieu des
sanglots, une couronne de fleurs sur le cer-
cueil du duc, hommage touchant et vrai
de la reconnaissance et de la douleur de cette
classe du peuple, parmi laquelle l'infortuné
prince s'efforçait de rechercher et de secourir
les malheureux.

— Le mardi 22 février 1820, une vieille
paysanne était placée sur le devant d'un des
cabriolets qui vont à S.-Germain : elle pleu-
rait; ses vêtemens grossiers; ses mains gercées,
les rides profondes de son visage, tout l'ensemble de cette pauvre femme annonçait de
longues souffrances. Un des voyageurs lui
demanda le sujet de ses pleurs. — Hélas !
Monsieur, j'ai aujourd'hui le chagrin de tout
le monde; je pleure ce bon prince que l'on
porte à S.-Denis maintenant. — Vous le con-

naissiez ? -- Je le connaissais par le bien qu'il nous faisait. Le prince n'a traversé qu'une ou deux fois notre village, et je n'ai jamais été assez heureuse pour le voir ! -- Et comment vous trouvez-vous à Paris dans ce jour de deuil ? -- C'est justement pour cela, Monsieur, que j'y suis venue ; j'ai voulu assister aux derniers devoirs qu'on lui rendoit ; je me suis placée aussi près du Louvre que j'ai pu ; j'ai vu tout le cortége , et je souffré moins. Et mon pauvre mari serait bien venu aussi lui ; mais la nouvelle de la mort de ce bon prince lui a fait tant de mal, qu'il n'a plus la force de se tenir. -- D'où êtes-vous ? -- De la Celle , Monsieur. -- Votre mari est-il au service du prince ? -- Non, Monsieur ; mon mari est trop vieux pour travailler, et mes deux garçons , que nous avions rachetés deux fois en vendant tout notre petit bien, n'en ont pas moins été pris dans le tems ; on les a envoyés à la grande armée en Russie, je crois, et nous n'en avons jamais plus entendu parler............ Pauvres enfans ! -- Vous n'avez plus d'enfans ? -- Si fait , Monsieur, il nous reste une fille ; elle est employée comme ouvrière dans la maison du prince : c'est par elle qu'il a su combien nous étions malheureux, et aussitôt le prince nous a envoyé des secours tout l'hiver ; notre petite est venue nous voir, nous apportant chaque fois un peu d'argent que le prince lui faisait donner pour nous ; et puis,

M. le maire a eu l'ordre de nous donner, dans ces grands froids, du bois, des couvertures, et un pain de quatre livres tous les jours, et les autres pauvres de la commune ont tout cela aussi.,... Quel cœur ! Il avait bien ses vivacités : oh ça oui ; mais comme il était bon ! comme il aimait à faire du bien ! Tenez, Monsieur, nous sommes bien à plaindre à présent ; mais il faut plaindre encore plus cette pauvre princesse, qui est aussi charitable que lui, et le Roi, et *Monsieur*, et tout le monde ; car un tel prince eût fait un bon Roi.,... Ah ! Monsieur, les pauvres vont être bien malheureux !....... »
Et la pauvre femme se prit encore à pleurer. Aux approches de Marly, elle fit arrêter le cabriolet, descendit avec effort, salua les voyageurs, les larmes aux yeux, et, appuyée sur son bâton, elle prit le chemin de traverse qui mène à la Celle, en répétant : « Que les pauvres vont être malheureux ! »

Les voyageurs, attendris, la suivirent long-tems des yeux : long-tems le souvenir de cette oraison funèbre, rapportée ici fidèlement, restera gravée dans leur cœur.

— Un militaire blessé à la bataille de *Waterloo* a rapporté que M. le duc de Berri l'avait pansé *lui-même* et qu'enveloppant sa main d'un mouchoir, S. A. R. s'était exprimée ainsi : « Va, mon ami, rentre dans » ta patrie, et dis à tes camarades que c'est le » duc de Berri qui a mis le premier appareil

» sur ta blessure. » Ce soldat préférerait
la mort, disait-il ces jours derniers, à la perte
de ce mouchoir.

— M. le duc de Berri se rendait il y a quel‑
que tems à Bagatelle, dans un cabriolet : en
traversant le bois de Boulogne, il aperçut un
enfant chargé d'un panier dont le poids excédait
ses forces. Il arrête son cheval, questionne le
petit paysan : *Mon père m'envoie à la Muette
porter ce panier qu'on attend. — Mais il pa‑
raît bien lourd ce panier, il te fatigue — Dam,
sans doute, mon bon Monsieur, mais c'est
égal. — Donne-le moi*, répond le prince, *je
le remettrai en passant. — Vous êtes bien
bon, ce n'est pas de refus :* le prince fait
mettre le panier dans son cabriolet, passe à la
Muette, remet le panier à sa destination ; il re‑
vient sur ses pas ; descend chez le père de l'en‑
fant et lui dit : *J'ai rencontré ton fils, il
ployait sous le faix dont tu l'avait chargé ; je
l'ai aidé ; son panier a été remis tout‑à‑
l'heure. Une autre fois épargne-lui tant de
peine ; des fardeaux si lourds altéreraient sa
santé, tu l'empêcherais de grandir. Tiens,
achète-lui un âne qui portera ses paniers.*
S. A. R. remet une bourse au paysan, re‑
monte en cabriolet et reprend la route de
Bagatelle.

———

Desbiés, chasseur au 4.me régiment de la
Garde Royale, et J. Paulmier, garçon du
Café Hardy, qui ont arrêté l'infâme Louvel,

reçoivent de toute la France des témoignages de reconnaissance ; des souscriptions ont été ouverte en leur faveur dans un grand nombre de villes. Desbiés, simple soldat, vient d'être nommé officier par S. M., et a reçu la décoration de la Légion-d'Honneur.

L'exécrable Louvel est entre les mains de la justice, des Magistrats intègres et éclairés procèdent à l'instruction de son procès, qui est défféré à la Chambre des Pairs. La justice frappera bientôt le criminel et saura découvrir quels étaient ses complices.

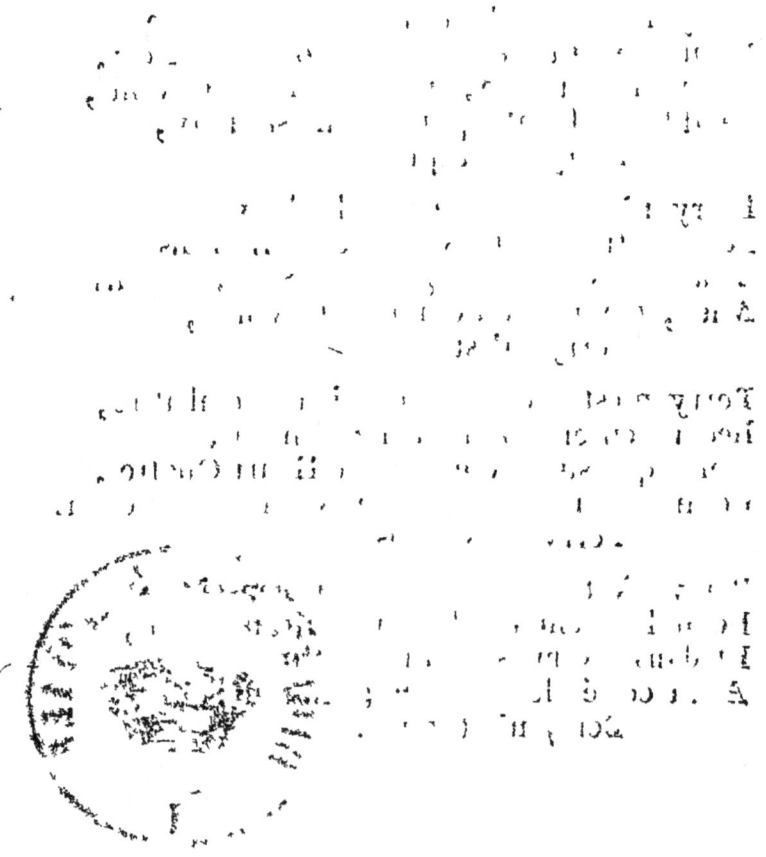

STANCES

Sur la mort de S. A. R. le duc de Berry.

BERRY n'est plus! sous un bras sanguinaire
Il est tombé, ce prince généreux,
France, revets ta robe funéraire.
Ciel, couvre-toi d'un voile ténébreux,
    Berry n'est plus!

Berry n'est plus! au récit de ce crime
L'Europe entière éclate en longs sanglots,
Et la mort même, en pleurant sa victime,
Se dit, le front appuyé sur sa faux,
    Berry n'est plus!

Berry n'est plus! ce cri de la vengeance
A retenti dans tous les cœurs français.
Beaux arts, valeur, gloire, amour, bienfaisance,
Aliez, pleurez à l'ombre du cyprès,
    Berry n'est plus!

Berry n'est plus! celui qui sût combattre,
Récompenser, pardonner et chérir;
Celui qui sût vivre comme Henri-Quatre,
Comme Henri-Quatre, hélas! vient de mourir.
    Berry n'est plus!

Berry n'est plus! mais de sa bien-aimée
Le noble sein recèle un fruit naissant,
Et dans six mois la France ranimée
Aura cessé de dire en gémissant,
    Berry n'est plus!

BIBLIOTHEQUE ROYALE

www.ingramcontent.com/pod-product-compliance
Lightning Source LLC
Chambersburg PA
CBHW060854180626
46818CB00004B/1704